Copyright©2021 by Cecile Kim & Pauline Comis

Translation rights arranged by NAMUMALMI Publisher through May Agency and CA-LINK International LLC.

Simplified Chinese Translation Copyright ©2024 by China Translation & Publishing House

All rights reserved.

著作权合同登记号：图字 01-2023-5724号

图书在版编目（ＣＩＰ）数据

我不想被骂！/（韩）金岁实著；（法）波丽娜·科米斯绘；郅向大译. -- 北京：中译出版社，2024.6
ISBN 978-7-5001-7779-1

Ⅰ. ①我… Ⅱ. ①金… ②波… ③郅… Ⅲ. ①儿童故事－图画故事－韩国－现代 Ⅳ. ①I312.685

中国国家版本馆CIP数据核字(2024)第077585号

为你而写，
也是为我而写。

我不想被骂！
WO BU XIANG BEI MA!

[韩] 金岁实 著　[法] 波丽娜·科米斯 绘　郅向大 译

策划编辑： 李　昕　　　**责任编辑：** 张　猛
内文排版： 颖　会　　　**封面设计：** 敖省林

出版发行：中译出版社
地　　址：北京市西城区新街口外大街28号普天德胜大厦主楼4层
邮　　编：100088
电　　话：（010）68359827，68359303（发行部）；（010）62058346（编辑部）
电子邮箱：kids@ctph.com.cn
网　　址：http://www.ctph.com.cn
印　　刷：北京博海升彩色印刷有限公司
规　　格：889 mm×1194 mm　1/16　　印　张：2.25　　字　数：28千字
版　　次：2024年6月第1版　　　　　印　次：2024年6月第1次

ISBN 978-7-5001-7779-1　　　　　　定　价：48.00元

版权所有　侵权必究
中译出版社

我不想被骂!

혼나기 싫어요!

[韩] 金岁实 著　[法] 波丽娜·科米斯 绘　郅向大 译

中国出版集团
中译出版社

已经天亮了吗？
昨晚我睡不着觉，
和黑夜比赛，比比看谁先睡着。
一会儿去学校，
同学们又要取笑我是红眼兔子了。
但其实是因为……
昨晚我大哭了一场。

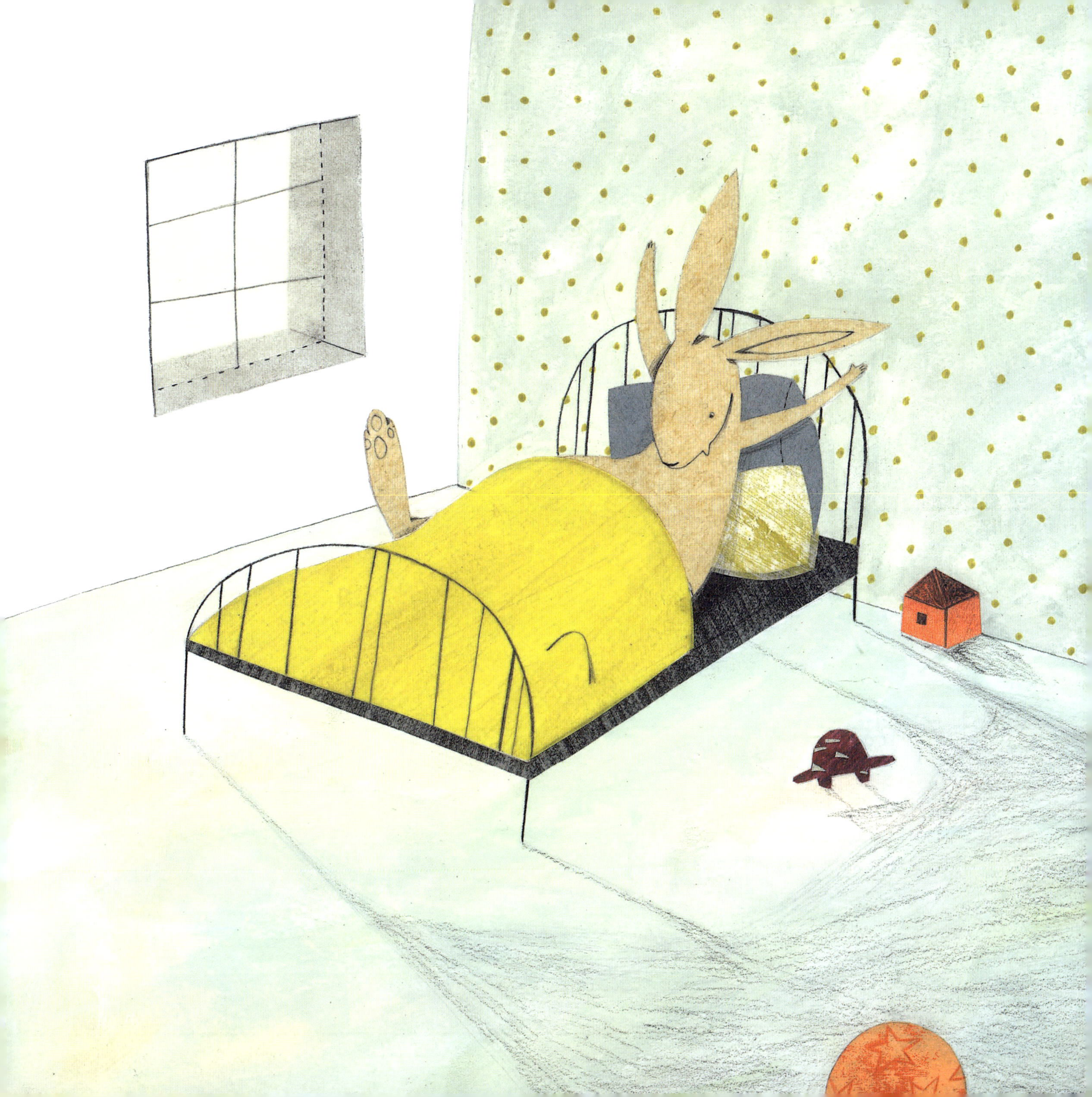

"赶紧准备去上学了！
怎么到现在还在磨磨蹭蹭的？
房间怎么搞得乱七八糟？
作业都做完了吗？
妈妈到底还要照顾你
到什么时候？"

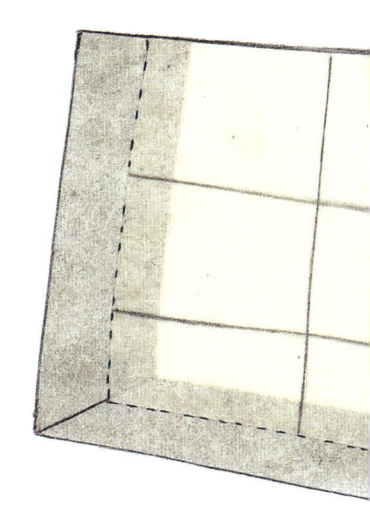

"对不起，我不该将房间弄得这么乱。
但作业我已经写完了……"
我支支吾吾了半天，
还是什么话也没说出口。
我上学会磨蹭是因为
在寻找更换的衣服。
我的衣服还堆在洗衣篮里。
昨天和前天穿的都是同一件。

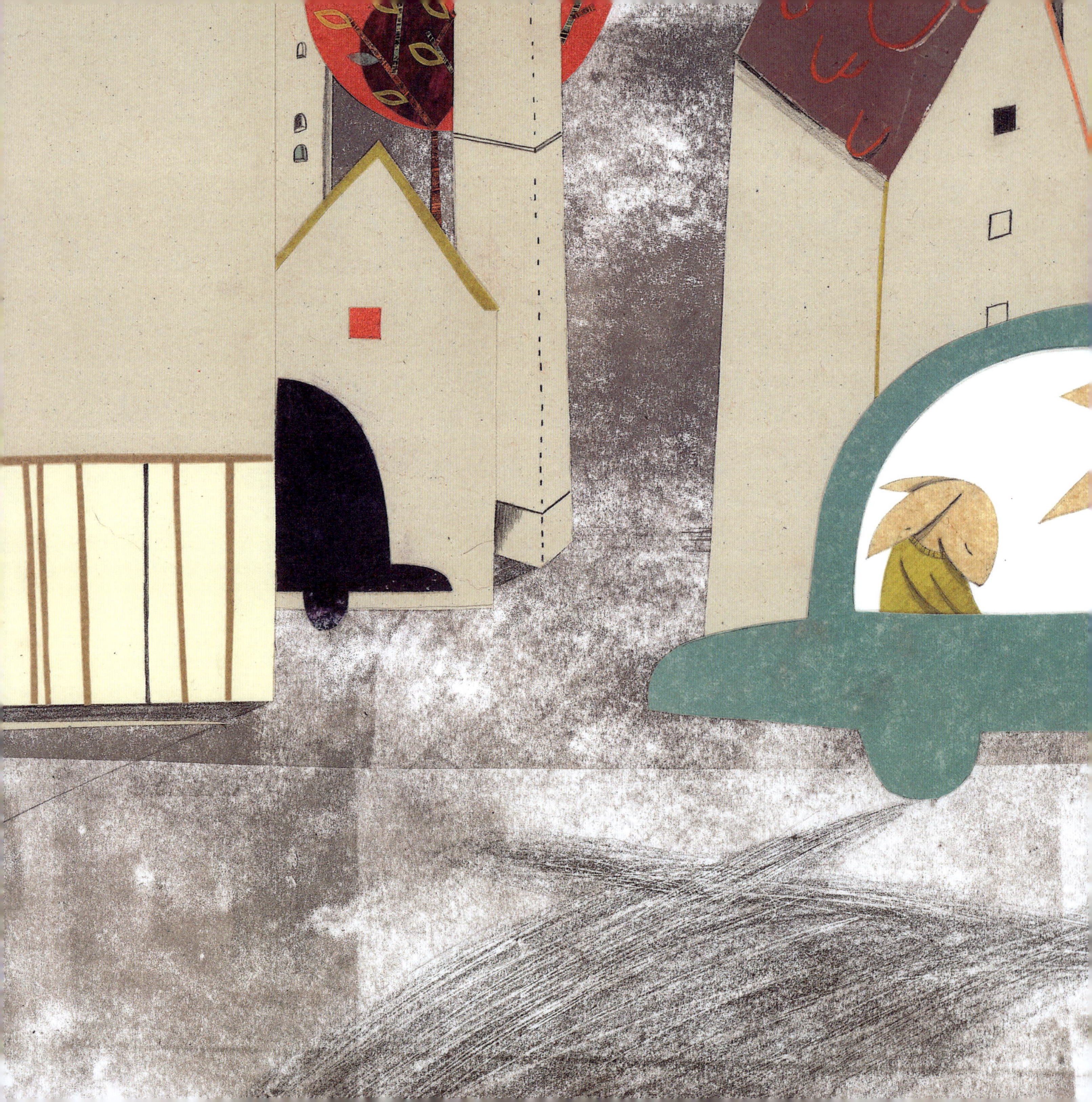

"还不赶快上车!
都是因为你!害得我要迟到了!"

爸爸板着脸对我大声说话的样子,
真的好可怕。
我只能这样静静地坐着。
可是爸爸,
你是真的在生我气吗?

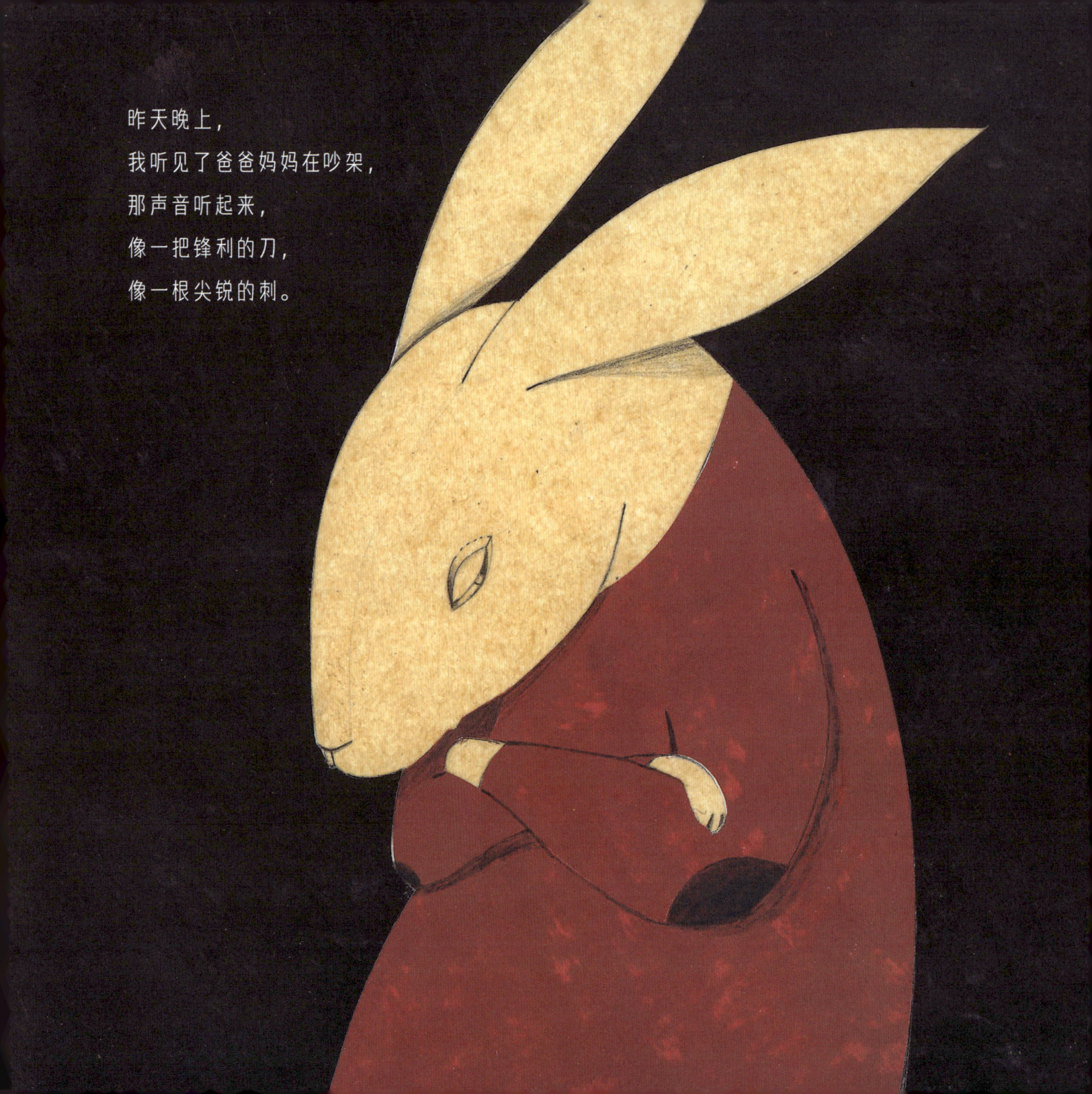

昨天晚上，
我听见了爸爸妈妈在吵架，
那声音听起来，
像一把锋利的刀，
像一根尖锐的刺。

我的心，
被刀划破，
扎入了尖刺，
爸爸妈妈现在
还在吵架吧，
所以心才会痛吗？

"你说作业都写完了，只是忘了带？作业没带来学校，跟没写作业是一样的。"

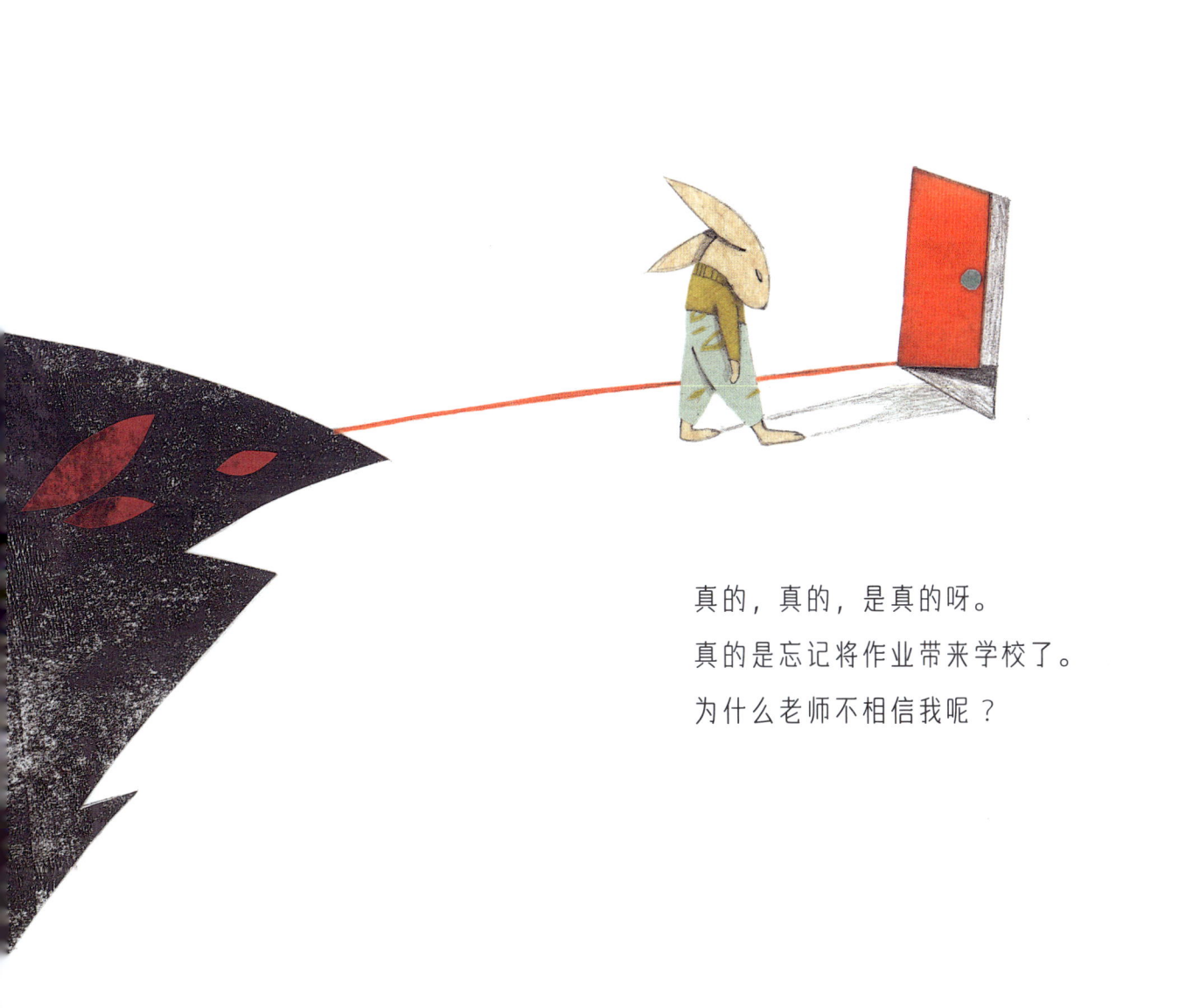

真的，真的，是真的呀。
真的是忘记将作业带来学校了。
为什么老师不相信我呢？

"听说你今天又被骂了?
啧啧,你怎么老是挨骂呢?"

校长,
我也不想被骂呀,
更讨厌在同学面前
被骂。

我好生气。
每天大家都只会骂我,
动不动就说是我的错。
没人了解我的感受。

砰！

没有人关心我，
说不出口的话被憋在心里，
像沸腾的火山快要爆发了。

啪!

"又是你?
　　你这个捣蛋鬼。

看来必须要给你父母打电话了!"

"对……对不起。"

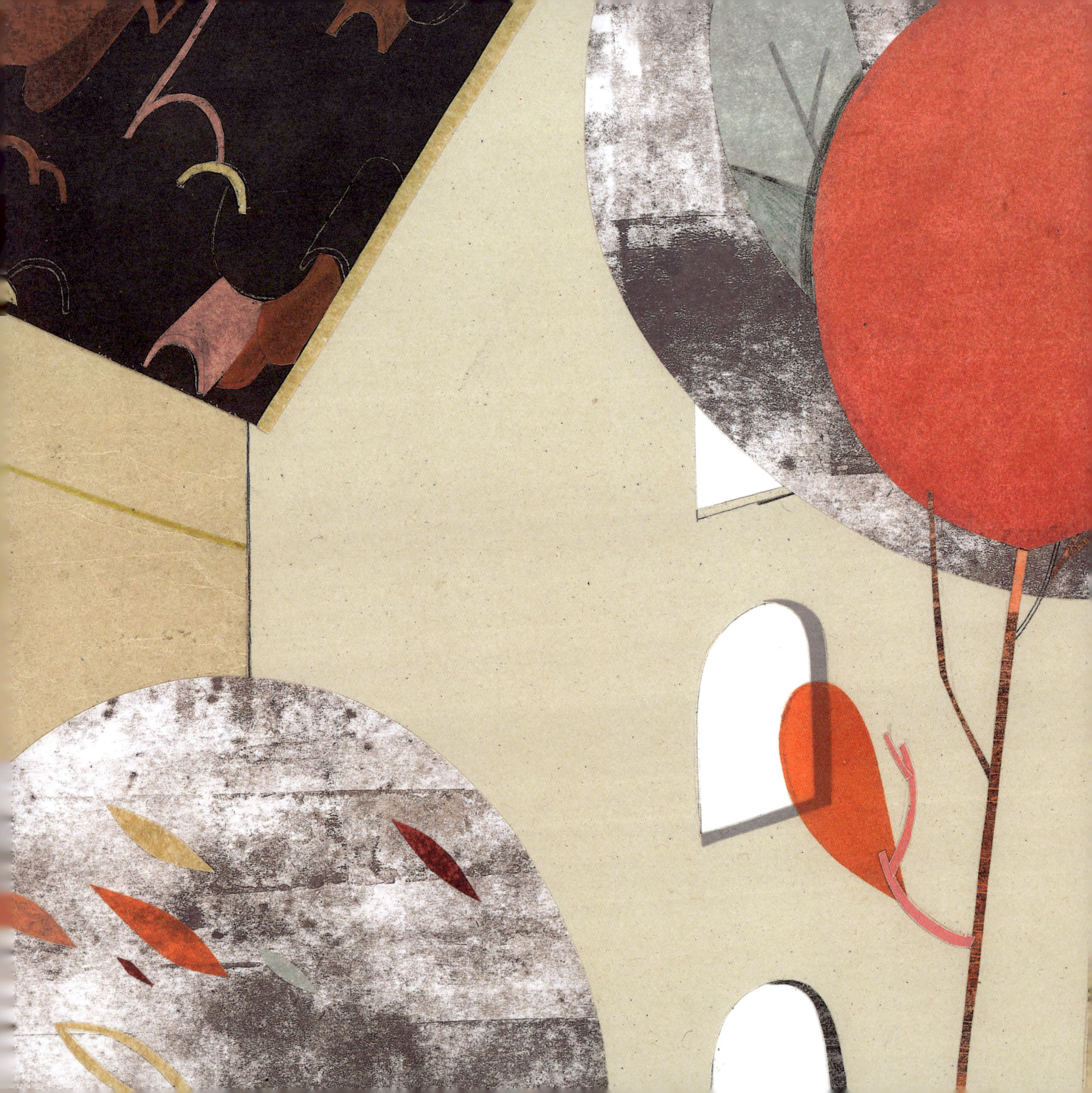

我真的是个捣蛋鬼吗？
所以爸爸妈妈才会吵架，
老师才会不相信我吗？

我的脚像石头一样沉重。
我的内心如夜晚一样漆黑。
如果爸爸妈妈可以抱抱我，
那该有多好啊。
只要，抱抱我。

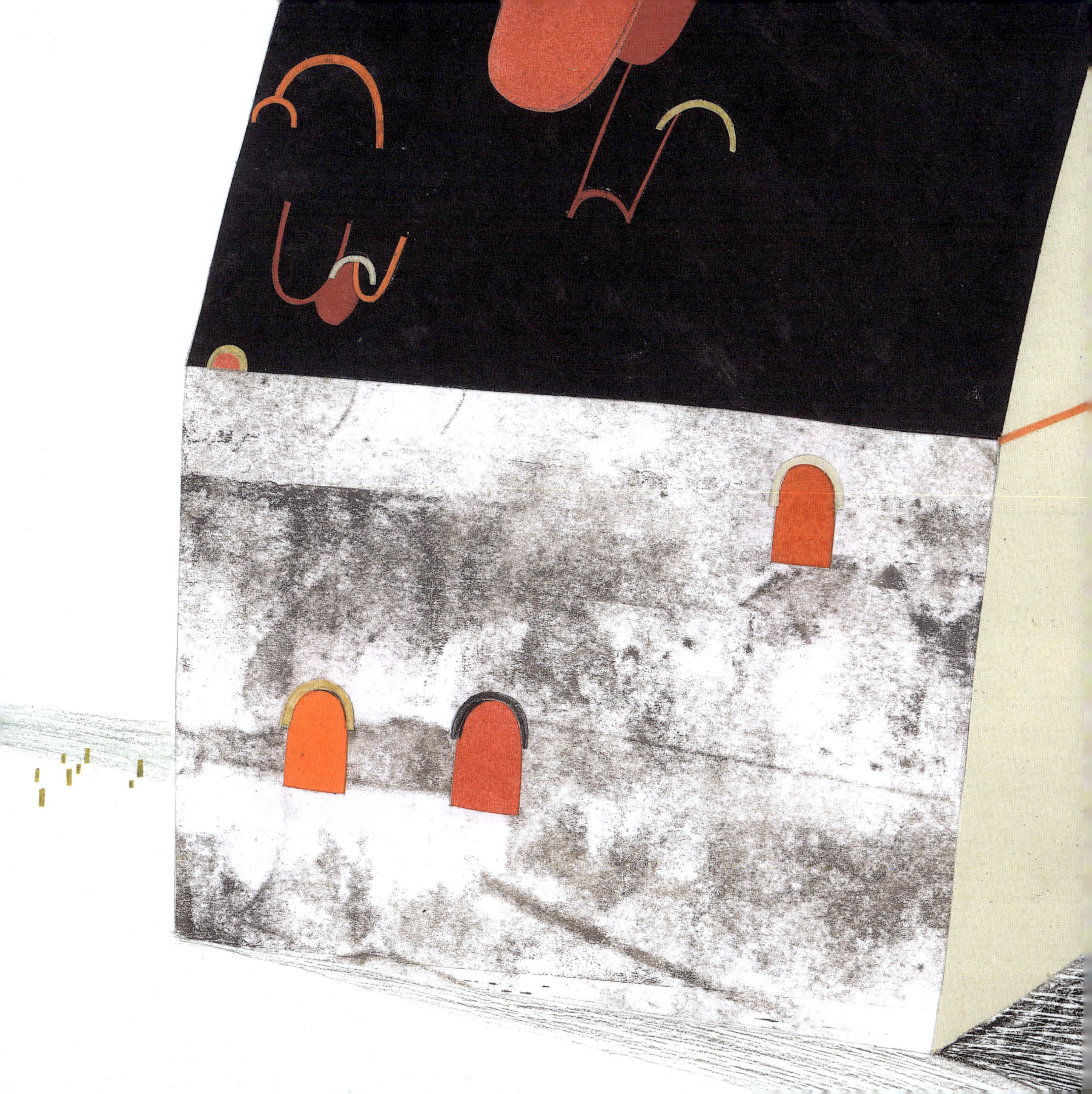

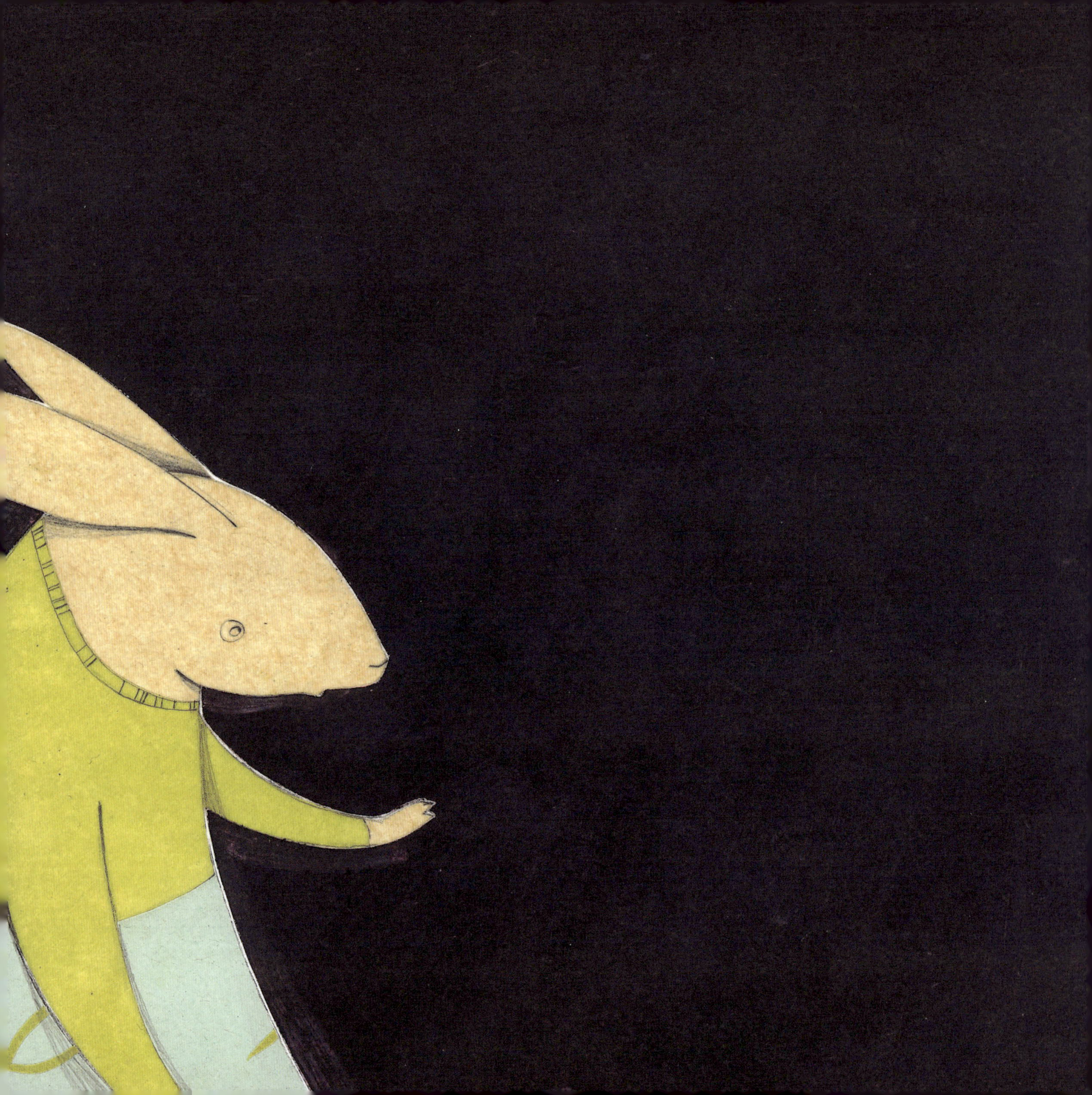

"你这家伙！"

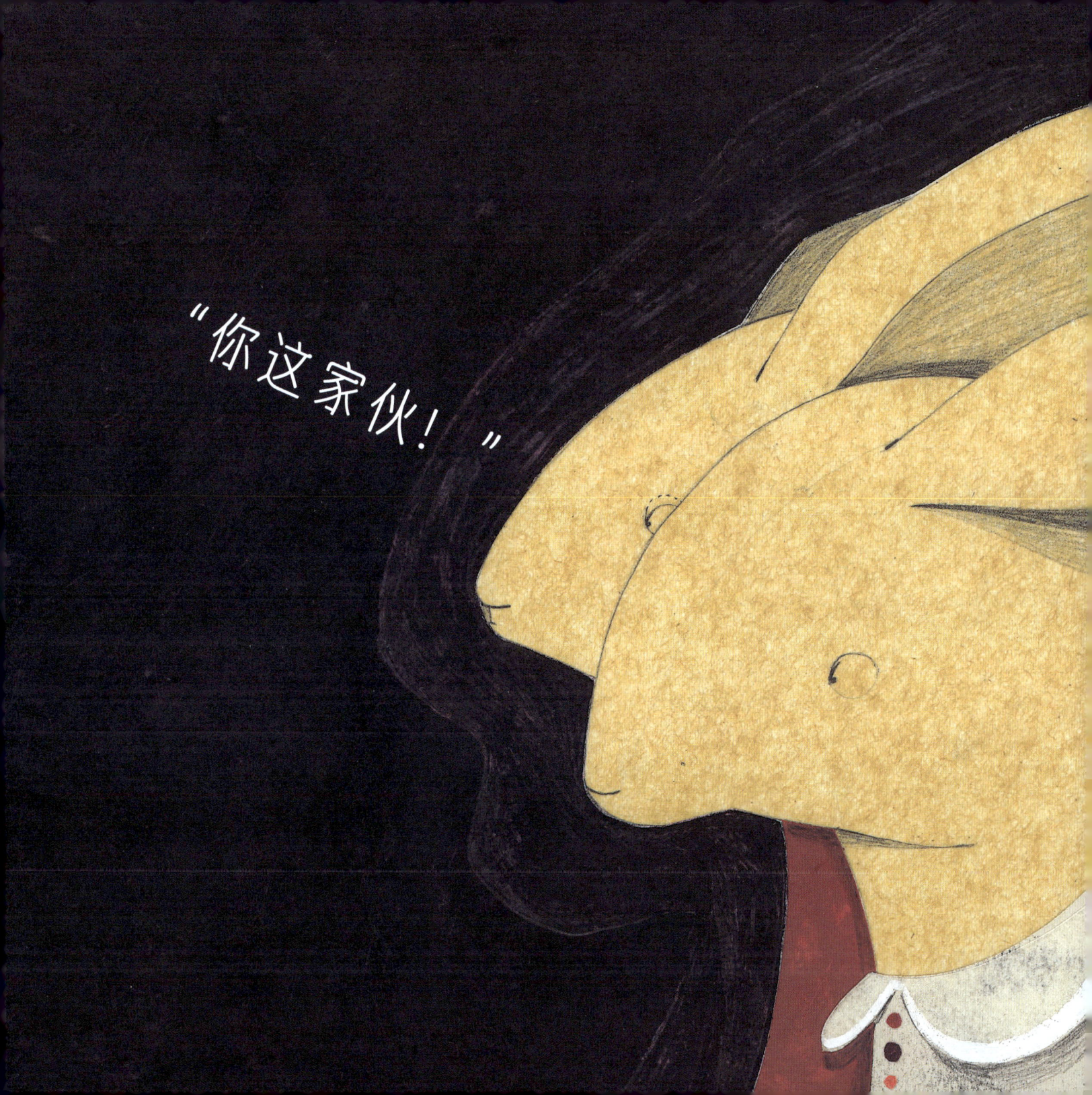

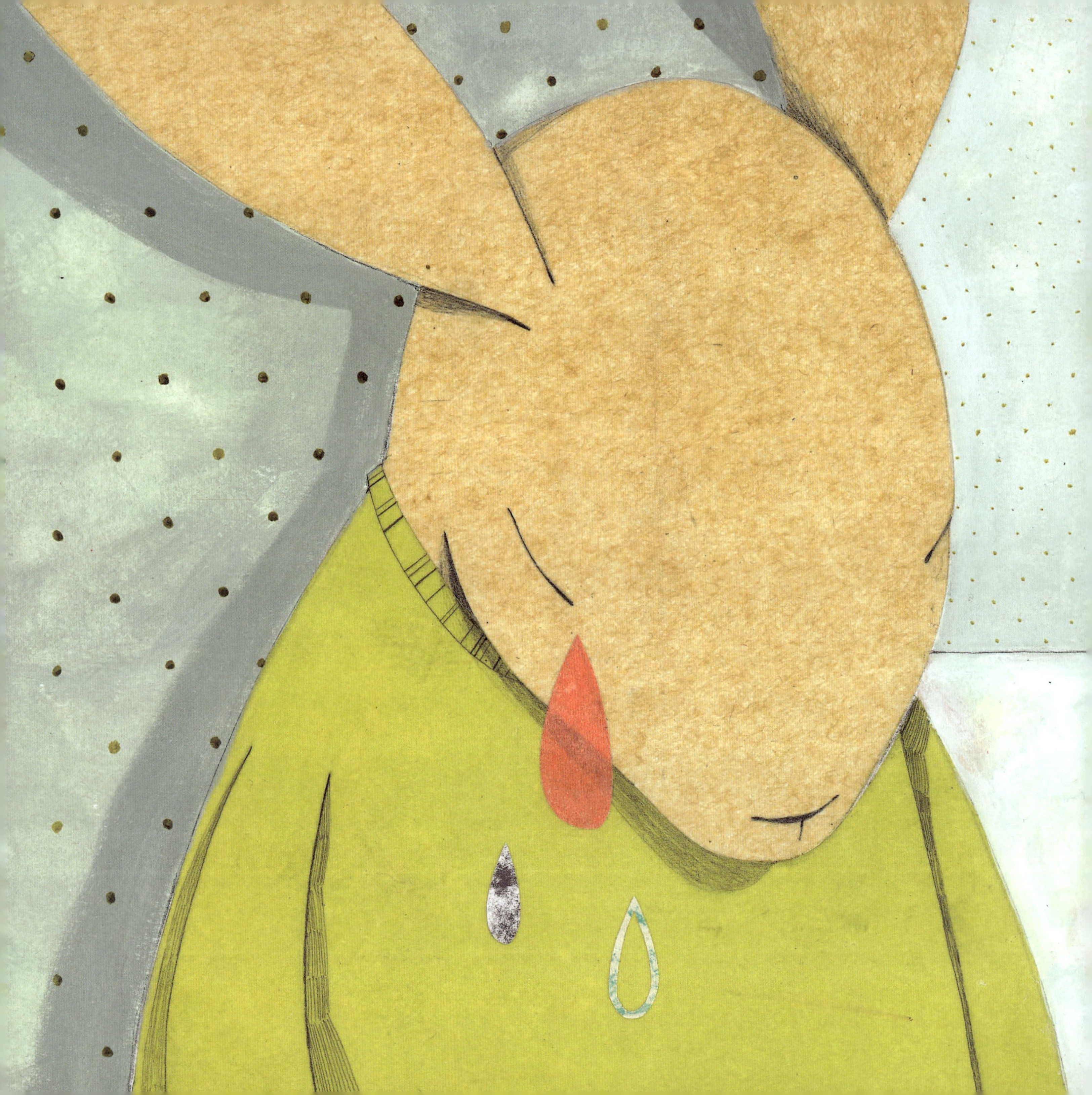

拜托……
不要生气，
不要骂我，
能不能听我说说话？
能不能先紧紧抱住我？

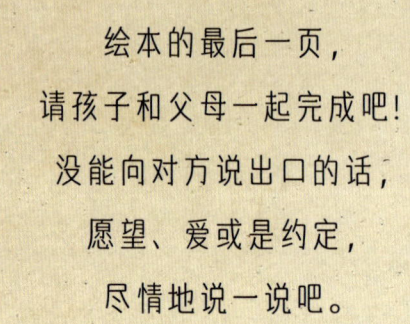

绘本的最后一页，
请孩子和父母一起完成吧！
没能向对方说出口的话，
愿望、爱或是约定，
尽情地说一说吧。

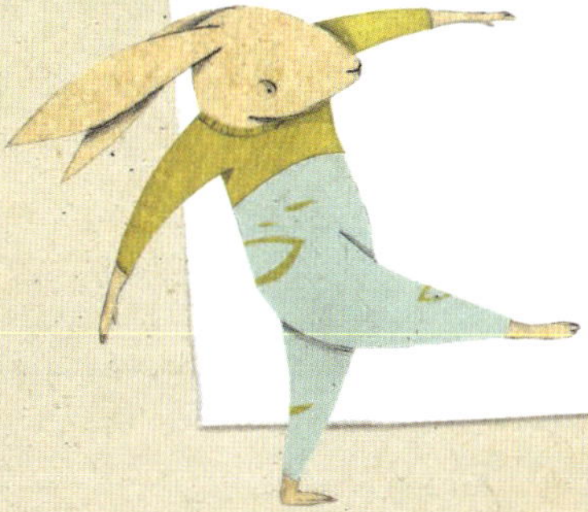

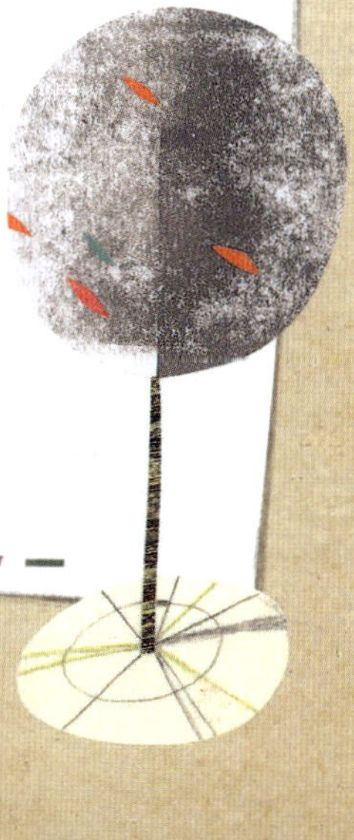

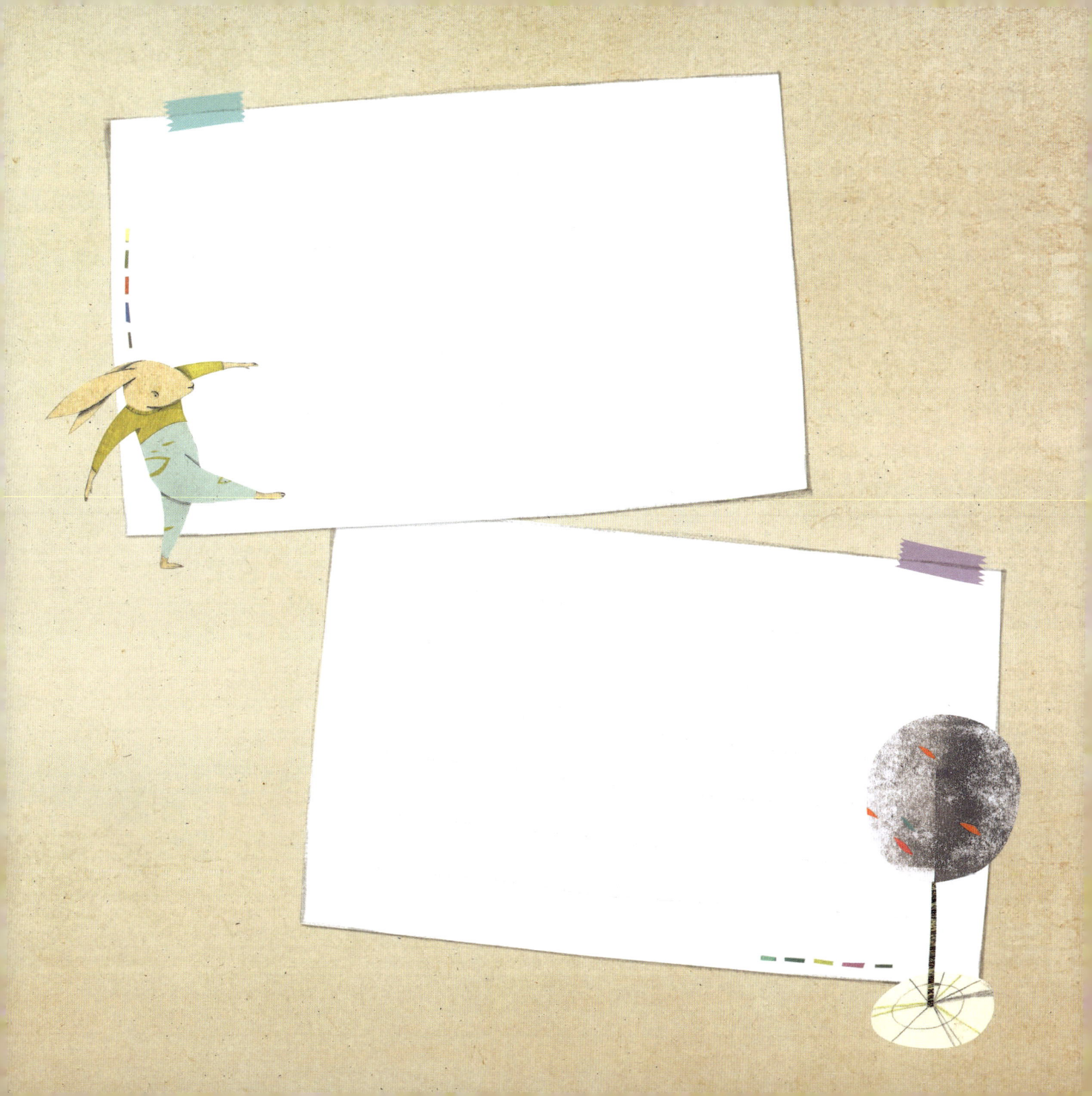

骂人和挨骂的心理分析

金岁实（绘画疗愈师）

1. 大人的情绪和偏见

　　让孩子适应社会生活是家长的责任。为了教导孩子，大人可能会选择训斥或是责罚的教育方式。然而，有时大人会因为一些琐事迁怒孩子，或由于固有偏见去责怪孩子，甚至不顾及孩子的自尊心和感受。本书将大人给孩子留下的这些伤痕用文字和插画直观地呈现出来。身为大人也是父母的我们，是否将无法消解的情绪宣泄在了孩子身上？是否仅凭主观臆断，站在自我立场做判断，急于批判孩子的想法呢？

2. 孩子的自我烙印

　　孩子通过他人的目光和评价来认识自身。如果收到"乖巧、讨人喜欢的孩子"的赞美，孩子会认为"我就是这样的人"，并更努力展现出好的一面。相反，一直听到"不听话、爱惹人生气的孩子"的评价，便会给自己刻上坏孩子的"烙印"，在无形的枷锁中自我放弃。总往坏处想自己的孩子，内心很难感受到幸福，会自信心不足，对于他人的同理心也很弱。

3. 理解对方的心情

　　那么，难道就不训导孩子了吗？并非如此，当孩子做了"需要教导"的事时还是要教育的。只是要先想想，孩子真的犯了"罪无可恕"的错误吗？还是因为自身情绪的影响，才会生气地责怪孩子。接下来，试着换位思考，让孩子有机会将事情的缘由、心情变化全都说出来。大人们说一说自己生气的原因、不希望孩子做的事以及对孩子的期许。孩子也要说出自己的委屈和害怕，将不敢说出口的事实倾诉出来，化解误会。

　　大人需要好好聆听孩子说话，努力理解孩子的感受。错误的是孩子的行为，而情绪本身并没有错。所谓同理，就是要理解对方的心情并予以支持。当大人试着深入孩子的内心，孩子自然会卸下心防，表达真实的自我。绘本里，如果小兔子有机会和父母、老师进一步对话，或许大人就会知道他的想法，也就不会造成他的内心伤害了。

　　儿时的我们，也曾被大人们责备过，当时的我们，也一样希望有人能理解我们的感受，对我们说出安慰的话语。现在，也请把这些话告诉孩子吧！

作者：金岁实

  在成均馆大学和研究所攻读儿童临床心理学，曾长期担任儿童心理疗愈师。他是绘本作家，也是一名译者，还从事绘画疗愈师的工作。著有《爱哭的云宝宝》《我生气了》《达莱家赏花趣》等。翻译书籍有《小毛驴》《美丽的错误》《好急好急的毛毛虫》等。

  这本书是作者回想起自己小时候，在父母吵架后总是必须不断地察言观色，内心充满了不安与莫名的愤怒后所创作的故事。故事的主人公也映射了有段时间经常被骂的侄子，他曾告诉作者最讨厌的事情，就是在朋友面前挨骂。希望此书可以帮助大人更尊重了解孩子，让父母更贴近孩子的内心。

绘者：波丽娜·科米斯

  在法国巴黎美术学院攻读插画艺术专业，喜欢将各种素材和拼贴艺术相结合，呈现出富有独创性和诗意的作品。著有《蓝色山羊》《世界上最大的秘密》《你好，打招呼吧！》等作品。本书中，绘者通过主角小兔子的肢体动作和页面中身躯大小变化的呈现，将主角的情绪展现给大家。

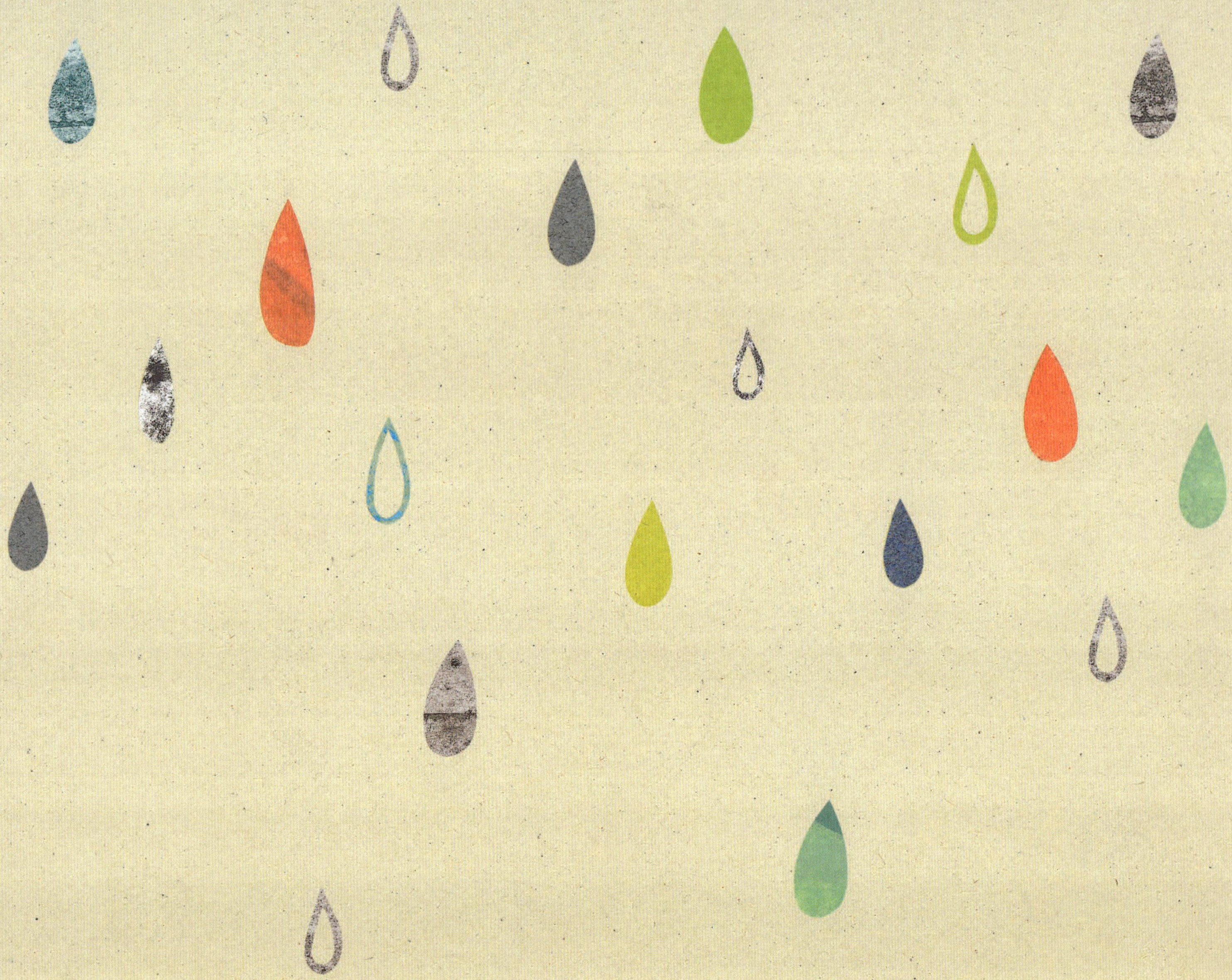